JEUNESSE

Le Cauchemar de Klonk

Du même auteur chez Québec Amérique

Jeunesse
Granulite, coll. Bilbo, 1992.
Guillaume, coll. Gulliver, 1995.
  • MENTION SPÉCIALE PRIX SAINT-EXUPÉRY (FRANCE)
Le Match des étoiles, coll. Gulliver, 1996.
Kate, quelque part, coll. Titan+, 1998.
Lola superstar, coll. Bilbo, 2004.

SÉRIE KLONK
Klonk, coll. Bilbo, 1993.
  • PRIX ALVINE-BÉLISLE
Lance et Klonk, coll. Bilbo, 1994.
Le Cercueil de Klonk, coll. Bilbo, 1995.
Un amour de Klonk, coll. Bilbo, 1995.
Le Cauchemar de Klonk, coll. Bilbo, 1997.
Klonk et le Beatle mouillé, coll. Bilbo, 1997.
Klonk et le treize noir, coll. Bilbo, 1999.
Klonk et la queue du Scorpion, coll. Bilbo, 2000.
Coca-Klonk, coll. Bilbo, 2001.
La Racine carrée de Klonk, coll. Bilbo, 2002.
Le Testament de Klonk, coll. Bilbo, 2003.
Klonk contre Klonk, coll. Bilbo, 2004.

SÉRIE SAUVAGE
La Piste sauvage, coll. Titan, 2002.
L'Araignée sauvage, coll. Titan, 2004.
Sekhmet, la déesse sauvage, coll. Titan, 2005.

Adultes
Les Black Stones vous reviendront dans quelques instants,
    coll. Littérature d'Amérique, 1991.
Ostende, coll. Littérature d'Amérique, 1994.
    Coll. QA compact, 2002.
Miss Septembre, coll. Littérature d'Amérique, 1996.
Vingt et un tableaux (et quelques craies),
    coll. Littérature d'Amérique, 1998.
Fillion et frères, coll. Littérature d'Amérique, 2000.
    Coll. QA compact, 2003.
Je ne comprends pas tout, coll. Littérature d'Amérique, 2002.
Adieu, Betty Crocker, coll. Littérature d'Amérique, 2003.

Le Cauchemar de Klonk

FRANÇOIS GRAVEL
ILLUSTRATIONS: PIERRE PRATT

QUÉBEC AMÉRIQUE jeunesse

Catalogage avant publication de Bibliothèque et Archives Canada

Gravel, François
Le Cauchemar de Klonk
(Bilbo jeunesse ; 71)
ISBN 2-89037-816-0
I. Titre. II. Collection.
PS8563.R388C38 1997   jC843'.54   C97-940109-7
PS9563.R388C38 1997
PZ23.G72Ca 1997.

 Conseil des Arts **Canada Council**
du Canada   for the Arts   SODEC
                                                        Québec

Nous reconnaissons l'aide financière du gouvernement du Canada
par l'entremise du Programme d'aide au développement de l'industrie
de l'édition (PADIÉ) pour nos activités d'édition.

Gouvernement du Québec – Programme de crédit d'impôt pour
l'édition de livres – Gestion SODEC.

Les Éditions Québec Amérique bénéficient du programme de
subvention globale du Conseil des Arts du Canada. Elles tiennent
également à remercier la SODEC pour son appui financier.

Québec Amérique
329, rue de la Commune Ouest, 3e étage
Montréal (Québec) H2Y 2E1
Téléphone : (514) 499-3000, télécopieur : (514) 499-3010

Dépôt légal : 1er trimestre 1997
Bibliothèque nationale du Québec
Bibliothèque nationale du Canada

Révision linguistique : Diane Martin
Mise en pages : Julie Dubuc
Réimpression : février 2005

CHAPITRE
UN

Agathe a bondi de joie lorsque, en rentrant du cinéma, nous avons entendu la voix de Klonk sur notre répondeur. Il parlait très vite, de crainte d'être coupé :

« *Allô, c'est Klonk! Venise est magnifique. Karine et moi sommes enchantés de notre voyage de noces. Pourquoi ne viendriez-vous pas nous rejoindre? Allez vite acheter vos billets d'avion, et ne vous inquiétez pas : nous réglerons toutes les dépenses. Faites vite!* »

C'est tout : Klonk avait raccroché.

Il est difficile de refuser une pareille invitation, mais j'étais loin de partager l'enthousiasme de mon épouse. Klonk voulait-il m'entraîner contre mon gré, encore une fois, dans une de ses étranges aventures? Pourquoi n'avait-il pas laissé un numéro de téléphone où nous aurions pu le contacter? Et où donc le rejoindrions-nous, une fois arrivés à Venise? Nous ne savions même pas le nom de son hôtel!

— Cesse donc de bougonner! a répondu Agathe. Ton ami nous invite, il faut y aller. L'amitié, c'est sacré. Et puis imagine un peu: un voyage à Venise! Mon rêve! Il faut justement que j'aille faire quelques emplettes, au centre commercial: j'en profiterai pour acheter les billets.

Agathe avait à peine terminé sa phrase qu'elle enfilait ses bottes et son imperméable, et quittait la maison en coup de vent, sans même refermer la porte.

Une heure plus tard, elle rentrait avec les deux billets d'avion:

— Nous partons demain soir! Il faut vite préparer nos valises! Nous donnerons de l'argent aux enfants. Ils iront faire leurs courses eux-mêmes. À leur âge, il est temps qu'ils apprennent à se débrouiller. J'espère qu'ils n'oublieront pas d'arroser la perruche. D'arroser les plantes, je veux dire. La perruche, il faut la faire sortir. Non, c'est plutôt le chat qu'il faut faire sortir. Pourquoi est-ce que je dis ça, moi? Nous n'avons jamais eu de chat! Penses-tu qu'on devrait apporter nos maillots, au cas où il y aurait une piscine à l'hôtel? Il faut apporter des chandails de laine, les nuits pourraient être fraîches. Et...

Et la tornade s'est arrêtée là, interrompue par la sonnerie du télécopieur:

Changement de programme. Pas moyen de dormir à Venise depuis que des milliers de mille-pattes phosphorescents ont envahi la ville. Leurs cris stridents sont insupportables. Rendez-vous plutôt à Londres. Désolés de ce fâcheux contretemps. Klonk et Karine.

— Qu'est-ce que c'est que cette histoire? a demandé Agathe. Si Venise était vraiment envahie par des mille-pattes phosphorescents, on en aurait entendu parler au téléjournal, non? J'ai l'impression que Klonk a bu un peu trop de champagne... Puisque je n'ai pas le choix, je vais retourner à l'agence de voyage. J'espère qu'ils ne me feront pas de difficultés pour échanger nos billets...

Elle était beaucoup moins pressée de partir, cette fois-là, et elle a pris le temps de bien refermer la porte derrière elle.

— Pourvu que Klonk et Karine ne changent pas encore d'idée, m'a-t-elle dit en rentrant avec les deux nouveaux billets d'avion : j'ai eu toutes les peines du monde

13

à les échanger. Nous partons toujours demain soir. Si tout va bien, évidemment.

Si tout va bien! Comme si quelque chose pouvait bien aller avec Klonk!

Le lendemain matin, comme nous préparions nos valises, nous avons reçu un télégramme :

Sommes maintenant à Reykjavík STOP Désolés pour les dérangements STOP Pas moyen de dormir à Londres STOP Les chauves-souris vampires viennent chaque nuit se cogner le nez contre les vitres STOP Et elles pleurent tout le temps STOP Espérons avoir la paix ici STOP Serait plus sage d'attendre un peu avant acheter billets pour venir nous rejoindre STOP Klonk STOP

— Ce serait plus sage en effet! s'est écriée Agathe. Il devrait se brancher, ce monsieur Klonk! S'il pense que je vais passer mes journées dans les agences de voyage, il se trompe! Et je n'ai pas envie d'aller en Islande, moi! Désolée, mon cher Klonk, mais pour moi, c'est STOP!

▲ ▲ ▲

Une semaine plus tard, Agathe était encore fâchée, mais je sentais aussi un soupçon d'inquiétude dans sa voix :

— Tu ne trouves pas ça bizarre, toi, que Klonk nous contacte trois fois en deux jours, et de trois façons différentes, pour nous laisser ensuite sans nouvelles? Et puis ces histoires de mille-pattes phosphorescents et de chauves-souris vampires... Ton ami n'aurait pas un sérieux problème d'alcool, par hasard?

— Pas que je sache, non. Ce n'est pas son genre. Je n'y comprends rien, moi non plus : pourquoi donc changent-ils si souvent de ville et de pays? On dirait qu'ils sont poursuivis par la police!

Agathe n'a pas répondu, mais elle s'est mordillé la lèvre inférieure, comme elle le fait souvent lorsqu'elle est préoccupée, et elle s'est ensuite tournée vers la fenêtre.

Elle me faisait penser à une mère qui attend, inquiète, le retour de ses enfants.

J'étais inquiet, moi aussi, même si je ne voulais pas le montrer : qu'est-ce qui avait bien pu se passer? Si Klonk et Karine ne donnaient plus de nouvelles, c'est sûrement qu'il leur était arrivé quelque chose de grave. De très grave.

CHAPITRE
DEUX

Les jours ont passé, puis les semaines et les mois, sans que nos amis nous donnent le moindre signe de vie. Ni télégramme, ni lettre, ni télécopie, ni téléphone, ni quoi que ce soit. Nous ne savions pas s'ils étaient encore à Reykjavík ou bien s'ils s'étaient envolés pour Tōkyō, Toronto ou Tombouctou. Nous ne savions rien du tout.

Nous nous sommes dit que des amoureux en voyage de noces avaient mieux à faire que d'écrire des cartes postales, mais nous étions quand même soucieux : comment expliquer ce long silence?

Un interminable hiver s'est

écoulé, le printemps commençait à pointer le bout du nez, et nous n'avions toujours pas de nouvelles de Klonk et de Karine. Étaient-ils encore vivants? Peut-être avaient-ils tenté une folle expérience qui les avait fait disparaître à jamais? Peut-être avaient-ils été dévorés par les insectes qui les poursuivaient?

Il est difficile de se concentrer lorsque l'inquiétude nous ronge. Chaque matin, je m'installais devant mon ordinateur pour travailler à un roman. J'essayais d'inventer des personnages et de leur faire vivre des événements extraordinaires, sans grand succès. Aussitôt que j'arrivais à me concentrer sur une histoire, je repensais à Klonk et à Karine. Qu'est-ce qu'ils pouvaient bien devenir?

— Salut, Fred! Comment vas-tu?

J'ai failli avoir une syncope : les lettres s'étaient écrites toutes seules sur l'écran de mon

ordinateur sans que je touche au clavier, sans même que je le regarde! Les caractères étaient restés affichés quelques secondes, ils avaient trembloté, puis ils avaient disparu.

Je suis resté estomaqué un bon moment, je me suis frotté les yeux et j'ai de nouveau regardé l'écran : il était vide. J'avais sûrement rêvé. À moins que je n'aie tapé ces mots sans m'en rendre compte, tellement j'étais préoccupé par Klonk? Mais pourquoi est-ce que je me serais parlé à moi-même en m'appelant Fred? Mes amis m'avaient donné ce surnom, à l'école primaire, mais plus personne ne m'appelle comme ça, aujourd'hui. À part Agathe, parfois, dans nos moments intimes. Et Klonk, bien sûr... Klonk! Ça ne pouvait être que lui! J'ai aussitôt tapé les lettres de son nom sur le clavier, pour en avoir le cœur net : K-L-O-N-K.

— Il commence à être temps que tu réagisses!

Aucun doute possible, c'était bel et bien mon ami Klonk : il n'y avait que lui pour me répondre aussi sèchement après m'avoir fait mourir d'inquiétude pendant six mois. J'ai attendu que les mots s'effacent, puis j'ai tapé une question :

— Où est-ce que vous êtes?

— Là-haut.

Là-haut? Comment ça, là-haut? J'ai eu le réflexe de lever les yeux vers le plafond, même si je savais que Klonk n'aurait pas pu grimper sur le toit de ma maison sans que je l'entende. Mais s'il n'était pas sur le toit, où donc pouvait-il se trouver? Dans un avion? Un vaisseau spatial? Peut-être qu'il était mort et qu'il s'adressait à moi depuis le paradis?

Dix mille questions se bousculaient dans mon esprit, mais

je ne pouvais pas obtenir de réponse : tant que les mots de Klonk tremblotaient sur mon écran, je ne pouvais pas y écrire quoi que ce soit. J'avais beau taper sur les touches, il ne se passait rien. Ce n'est que lorsque le message s'est éteint que j'ai pu demander des précisions :

— Êtes-vous au ciel?

— Mais non! Nous habitons maintenant dans le Grand Nord, au-delà du cercle polaire. Je ne peux rien dire de plus pour le moment. Il faut que vous veniez nous rejoindre. Voici mes instructions. Essaie de ne pas m'interrompre, s'il te plaît. Vous devez d'abord...

▲ ▲ ▲

À la fin de la journée, quand Agathe est revenue du pénitencier où elle travaille, je lui ai expliqué que Klonk voulait que nous partions dès le lendemain pour Chibougamau. Un avion nous y attendrait, et il nous laisserait au milieu du lac Inoukoujouak, sur la terre de Baffin, loin au-delà de l'extrémité nord du Québec. Klonk et Karine viendraient nous y rejoindre. Il faudrait apporter nos skis de fond et nos maillots de bain...

— Nos *maillots de bain*?

— C'est ce qu'il a dit : il faut aller les rejoindre au lac Inou-nou... Inoukounou... dans le Grand Nord, et ne pas oublier nos maillots de bain.

— Et il t'a donné ses instructions par *transmission de pensée*?

— En quelque sorte, oui : j'ai vu les mots apparaître sur l'écran de mon ordinateur, ensuite ils ont disparu.

— Il n'a rien ajouté d'autre?

— Rien de plus, non : c'était difficile pour lui de se concentrer, tu comprends, à cette distance...

Plus je parlais, plus je me rendais compte à quel point tout cela était absurde. Agathe me regardait avec les yeux écarquillés, comme si j'étais complètement fou.

— Écoute, Agathe, je comprends que tout cela te laisse perplexe, mais Klonk est mon ami, et il faut que j'aille le rejoindre.

— Il n'en est pas question!

— L'amitié, c'est sacré. C'est toi-même qui le disais! Je n'ai pas le droit de lui refuser mon aide si je peux faire quelque chose!

— Laisse-moi finir mes phrases : il n'est pas question que tu y ailles tout seul. J'ai toujours rêvé d'aller skier dans le Grand Nord. J'ai droit à deux semaines de vacances, et je les prends tout de suite! Je cours préparer mes valises.

Certaines personnes pensent qu'il doit être ennuyeux de vivre avec la même femme pendant plus de vingt ans. Ces personnes-là ne connaissent pas Agathe : elle réussit toujours à m'étonner.

CHAPITRE
TROIS

Nous étions là, Agathe et moi, seuls au milieu du lac Inoukoujouak. Autant dire que nous étions perdus au milieu de nulle part.

Au milieu d'un nulle part où il faisait froid.

Immensément froid.

Le soleil, qui venait à peine de se lever, demeurait immobile sur la ligne d'horizon. On aurait dit qu'il était frileux et qu'il ne voulait pas quitter son lit.

Le lac, entièrement gelé, était si grand que nous apercevions à peine les rives. Et comment savoir s'il s'agissait bien des rives, d'ailleurs, puisque tout était uniformément blanc? Même le ciel, couvert de nuages, ressemblait à un paquet d'ouate. Je me sentais tout petit et démuni, comme un microbe perdu dans un bocal de crème glacée à la vanille.

Il avait fallu discuter longuement avec le pilote d'Air Inuit pour qu'il accepte de nous abandonner là. Il nous avait regardés comme si nous étions complètement fous : combien de temps pourrions-nous survivre au milieu d'un lac gelé, avec nos skis de fond et un petit sac à dos pour tout bagage ? Nous n'avions pas de tente ni de provisions, et nous attendions des amis que nous n'avions pas vus depuis six mois !

Le pilote avait bien raison de penser que nous étions fous : Klonk et Karine n'arrivaient pas, et ils n'arriveraient sans doute jamais. Qu'est-ce qui les empêcherait de nous faire attendre six mois de plus avant de donner de leurs nouvelles? Peut-être étaient-ils déjà partis pour le Sahara ou la Terre de Feu?

L'avion avait maintenant disparu dans les nuages, et le vent, qui venait de se lever, ne tarderait pas à balayer les traces de ses skis sur la surface lisse du lac gelé. Bientôt, il n'en resterait plus rien et nous serions complètement perdus, sans aucun point de repère.

Nous étions là depuis des heures, à nous taper dans les mains pour nous réchauffer, n'osant pas nous éloigner du milieu du lac : il suffirait de faire quelques pas, dans un sens ou dans l'autre, pour nous perdre à jamais dans l'immensité blanche.

Je regardais Agathe du coin de l'œil : elle scrutait l'horizon, à la recherche d'un signe de vie, d'un soupçon d'espoir. Elle était sûrement rongée par l'inquiétude, mais elle ne le montrait pas. Brave Agathe!

Jamais je ne me pardonnerais de l'avoir entraînée dans une telle aventure, sur la foi d'un message que j'avais vu apparaître sur l'écran de mon ordinateur. D'un message que j'avais peut-être simplement imaginé!

Et c'est à cause de ce message que nous mourrions de faim et de froid, au milieu de cet enfer blanc. Nous serions dévorés par les loups ou par les ours polaires, et personne ne retrouverait jamais notre trace.

Je pensais à ma fille de vingt ans et à mon fils de dix-sept ans, qui seraient bientôt orphelins et qui n'avaient jamais appris à cuisiner. Seraient-ils condamnés à ne manger que des pizzas pochettes jusqu'à la fin de leurs jours?

Nous étions là depuis au moins quatre heures quand Agathe a désigné un point au loin:

— Ce sont eux! Les voilà!

J'ai regardé les minuscules taches que me montrait Agathe, et j'ai pensé qu'elle était vraiment désespérée pour imaginer que ces petits points pouvaient être Klonk et Karine. Cela pouvait tout aussi bien être deux rochers ou bien, pire encore, des hallucinations.

À y regarder de plus près, il me semblait bien que ces taches se déplaçaient et qu'elles se dirigeaient vers nous. C'étaient peut-être des loups, qui avaient pressenti notre mort prochaine?

— Il est temps qu'ils arrivent, a dit Agathe. Je commençais à avoir un peu froid. Ils ont vingt minutes de retard, mais on ne peut pas le leur reprocher : ce n'est pas leur faute, après tout, si notre avion a atterri plus tôt que prévu...

Vingt minutes? J'ai enlevé mes mitaines et relevé les trois couches de vêtements qui recouvraient mon bras pour consulter ma montre : Agathe avait raison. Nous étions là depuis à peine vingt minutes, qui m'avaient semblé durer des heures et des heures, aussi interminables les unes que les autres!

Plus les silhouettes se rapprochaient, plus il devenait évident qu'il ne s'agissait pas de loups : les loups ne font pas de ski de fond!

Et s'ils en faisaient, il est probable qu'ils ne s'habilleraient pas d'un simple maillot de bain.

Je me suis frotté les yeux et j'ai regardé de nouveau : Klonk et Karine étaient bel et bien là, sur leurs skis, par vingt degrés au-dessous de zéro, et ils ne portaient pour tout vêtement que des maillots de bain!

Peut-être mon cerveau avait-il commencé à geler, ce qui aurait expliqué que j'étais victime d'hallucinations? Mais les hallucinations ne parlent pas, il me semble!

— Bienvenue dans notre royaume, a dit Klonk. Vous avez apporté vos maillots, j'espère? Pour faire du ski de fond, c'est merveilleux : quelle liberté de mouvements!

CHAPITRE
QUATRE

Tandis que nous traversions l'immense lac Inoukoujouak, Karine nous a expliqué comment ils s'étaient entraînés pour ne plus souffrir du froid. Si j'ai bien compris, ils se sont inspirés du principe des fours à micro-ondes : tout le monde sait que les ondes courtes, en traversant la nourriture, font vibrer les molécules, et que cette vibration produit de la chaleur. C'est comme si les aliments se réchauffaient en se frottant les mains, en quelque sorte. Avant d'aller faire du ski, ou toute autre activité extérieure, Klonk et Karine jouaient aux échecs pour se stimuler les cellules du cerveau, qu'on appelle

les neurones. Ensuite, ils trans-
mettaient cette stimulation aux
cellules de la peau. Il fallait,
évidemment, qu'ils dosent cor-
rectement les vibrations, sinon
ils risquaient de mourir de froid
ou de griller comme du bacon!

Quand le dosage était parfait,
ils pouvaient faire du ski en
maillot de bain, et même plonger
dans les eaux glaciales de
l'océan Arctique, nager jusqu'à
une banquise, et jouer au ballon
avec les phoques et les pin-
gouins!

— Si les gens pouvaient se
concentrer comme nous, a conclu Karine, ils viendraient tous
en voyage de noces dans le
Grand Nord : on ne peut trouver
un coin plus tranquille, ni de
plus beaux paysages.

— Et imagine un peu, a ajouté
Klonk, qui s'était retourné et
m'avait adressé un clin d'œil
complice : les couchers de soleil
durent deux semaines, et les

nuits s'étirent pendant six mois! L'endroit idéal pour les amoureux!

J'ai alors regardé le soleil, qui n'avait pas bougé depuis notre arrivée. J'avais cru qu'il se levait, à cause de l'heure matinale, mais je comprenais maintenant qu'il se couchait. Quelques jours encore, et il ferait nuit. Une nuit qui durerait des mois et des mois!

Nous avons ensuite dû gravir quelques pentes un peu abruptes, ce qui nous a obligés à interrompre notre conversation. Tandis que je pressais le pas pour me réchauffer un peu, je songeais à tout ce qui deviendrait possible si on pouvait, comme Klonk et Karine, se réchauffer «de l'intérieur». Plus besoin de manteaux, de bottes ni de mitaines, ni même de systèmes de chauffage. Le Canada accueillerait des centaines de milliers d'immigrants venus des pays pauvres, et chaque famille recevrait un lac du Grand Nord en guise de cadeau de bienvenue. Ce serait bien, non?

Mais tout cela n'était qu'un rêve, évidemment : il n'y a qu'un seul Klonk sur la terre, un seul homme qui soit capable de se concentrer au point de disparaître en lisant des livres, ou de déplacer des objets à distance, ou de se réchauffer en faisant vibrer les cellules de sa peau. Et cet homme unique avait rencontré la seule femme sur la terre, sans doute, qui ait les mêmes capacités. À en juger par les regards qu'ils échangeaient, ils semblaient amoureux l'un de l'autre. Peut-on imaginer plus grand bonheur?

Tout cela ne m'expliquait pas, cependant, pourquoi ils s'étaient installés sur la terre de Baffin. Passeraient-ils le reste de leur vie dans cet endroit désolé, sans jamais voir personne? Est-il pos-

sible d'être amoureux à ce point-
là?

— Chut! m'a dit Karine tandis
que je m'apprêtais à lui poser
cette question. Vous n'entendez
rien?

Nous nous sommes arrêtés et
nous avons prêté l'oreille, sans
rien entendre d'autre que le
bruit de nos respirations et les
plaintes du vent.

— Encore un cauchemar? a
demandé Klonk, qui s'est aussitôt rapproché de Karine.

Jamais je ne l'ai vu aussi soucieux: il était pâle comme le
paysage qui nous entourait.

— Ce... ce n'est rien, a répondu Karine. Ça... ça doit être
mon imagination.

— Quels cauchemars? a de-
mandé Agathe. Ne me dites pas
que vous êtes encore poursuivis
par des mille-pattes et des
chauves-souris?

— Mais non, voyons! Il ne faut
pas prendre toutes nos blagues

au sérieux! Ha ha ha!

J'ai écrit *ha ha ha* en noir, parce que je n'ai pas le choix, mais c'est en jaune qu'il faudrait les lire : leurs rires ne paraissaient pas très sincères.

Klonk et Karine ont aussitôt repris leur chemin en skiant de plus en plus vite, comme s'ils voulaient éviter qu'on ne leur pose des questions. Cela ne les empêchait pas de regarder autour d'eux à tout moment, comme s'ils se sentaient poursuivis par d'invisibles ennemis.

J'ai pensé, l'espace d'un instant, que mes amis étaient devenus fous. Et j'en ai été tout à fait convaincu lorsque Klonk s'est arrêté au sommet d'une colline de neige :

— Nous voilà arrivés! Bienvenue chez nous!

Il n'y avait rien d'autre, en face de nous, qu'un immense précipice! Nous étions au sommet d'une falaise! C'était ça, la maison de Klonk?

J'aurais dû m'en douter : Klonk et Karine contrôlaient si bien la température de leur corps qu'ils n'avaient plus besoin de murs ni de plafonds. Ils pouvaient vivre dans un igloo, ou même coucher dehors, tout simplement! Ils n'avaient pas pensé qu'Agathe et moi n'arriverions sans doute jamais à faire vibrer les cellules de notre peau. Nous allions mourir de froid, c'est sûr!

— Tu n'as pas à t'inquiéter, m'a dit Klonk, comme s'il lisait dans mes pensées. Nous avons grimpé sur la maison par le côté nord, qui est toujours recouvert de neige. Le côté sud est sculpté dans la falaise et il est très bien éclairé, tu verras.

Nous étions donc sur le toit de sa maison? En regardant mieux, je me suis alors aperçu que des antennes bizarres dépassaient de la neige. Cela me faisait penser à la maison de Klonk, à

Québec. Et j'ai été rassuré de voir qu'il y avait, parmi toutes ces antennes, l'extrémité d'une cheminée : Dieu soit loué, sa maison était chauffée!

Klonk a alors ouvert une trappe dont lui seul pouvait deviner l'existence, et nous sommes enfin entrés chez lui.

Il fallait bien Klonk pour imaginer une maison dont la porte était située sur le toit!

Et je n'étais pas encore au bout de mes surprises : ce n'était pas une maison, en fait, mais la plus magnifique, la plus confortable demeure qu'il m'ait été donné de visiter. Un véritable château nordique.

Et c'est dans ce somptueux château que nous allions vivre un abominable cauchemar.

CHAPITRE
CINQ

Klonk et Karine nous ont d'abord emmenés à notre chambre, pour que nous puissions nous changer et nous reposer un peu.

Le grand lit à baldaquin était invitant et j'aurais aimé y faire une sieste, mais j'ai préféré imiter Agathe, qui s'est glissée dans l'immense baignoire à remous. Avant de la rejoindre, j'ai toutefois pris le temps d'allumer un feu de foyer : le fond de l'air était frisquet.

Une baignoire à remous, un foyer, un lit à baldaquin, des fauteuils de cuir, une bibliothèque débordant de livres et de magazines, des flambeaux accrochés au mur... Il y avait même, à côté de la baignoire, un porte-serviettes électrique, pour tenir au chaud nos robes de chambre brodées à nos initiales! Croyez-le ou non, nous n'étions encore que dans la chambre des invités!

Chaque pièce de la maison, que nous avons ensuite visitée, avait de quoi nous épater.

La salle à manger, lambrissée de chêne, était éclairée par des dizaines de lustres étincelants. On aurait pu asseoir une vingtaine de convives autour de l'immense table en acajou.

Il y avait ensuite une salle de billard dans le même style, puis une bibliothèque, et enfin une chambre spécialement aménagée pour Trépied, le chat à trois pattes de Klonk. Il y avait là des boulettes de papier et des balles de laine de toutes les dimensions, de même que des fauteuils de cuir rembourrés d'herbe à chat.

Comme Trépied dormait pro-
fondément, nous n'avons pas osé
le réveiller et nous avons continué notre visite en empruntant
l'ascenseur qui menait à l'étage,
où se trouvait la piscine, le
gymnase et la salle de bal.

— Une salle de bal? ai-je dit à
Klonk, mais pour quoi faire? Vous
êtes seulement deux!

— Et alors? J'aime bien
prendre mes aises quand je
danse. Tu vas voir.

D'un simple claquement de
doigts, il a déclenché la chaîne
stéréo dissimulée dans le mur –
c'est du moins ce que j'ai supposé
– et nous avons aussitôt entendu
une valse viennoise.

Il a ensuite gracieusement
invité Agathe à danser avec lui
et l'a fait virevolter tout autour
de la pièce.

J'aurais pu inviter Karine,
mais je n'ai jamais su danser la
valse. Je ne crois pas qu'elle
aurait apprécié que je lui marche

sur les pieds.

Je regardais donc Klonk et Agathe valser, et je me frottais les yeux, complètement abasourdi : étions-nous encore sous une colline de neige, quelque part sur la terre de Baffin, ou plutôt sous la terre de Baffin ? Ces immenses pièces avaient-elles été creusées dans le roc de la montagne ?

— Nous sommes encore dans la partie nord de la maison, m'a dit Karine qui, tout comme Klonk, semblait lire dans les pensées. Cela explique que ce soit un peu sombre. La partie sud est mieux éclairée et plus moderne, tu vas voir. Aussitôt qu'ils auront fini de danser, je vous y emmènerai. En attendant, nous pourrions passer par la cave. Je me demande bien quel vin conviendrait le mieux : en entrée, nous avons un pâté de truffes au cognac, ensuite quelques homards...

▲ ▲ ▲

Tout cela était-il réellement possible? Étais-je en train de rêver? me demandais-je en savourant mon deuxième homard. Le ski de fond et les émotions m'avaient creusé l'appétit, et je mourais de faim.

Nous consommions notre frugale collation dans la cuisine, à la bonne franquette. Par l'immense fenêtre qui donnait au sud, nous pouvions admirer un merveilleux paysage nordique, baignant dans une étrange lumière. Le soleil était encore au même endroit, figé sur la ligne de l'horizon. La moindre colline, la moindre butte de neige projetaient des ombres qui s'étiraient à l'infini. C'était très beau – à condition bien sûr de pouvoir admirer ce paysage bien au chaud, à l'intérieur d'une maison douillette.

Pendant le repas, Klonk et

Karine nous ont entretenus de leur voyage de noces : après avoir séjourné en Afrique, ils avaient fait une rapide tournée des capitales européennes, puis ils avaient visité l'Asie et l'Océanie. Ne trouvant nulle part la tranquillité qu'ils recherchaient, ils avaient choisi, finalement, de s'installer là, sur la terre de Baffin, et ils entendaient y rester encore quelques jours – quelques jours qui seraient aussi longs que des années.

— N'avez-vous pas peur de vous ennuyer, à la longue?

— Pas du tout, non, m'a répondu Karine. Quelle drôle d'idée! Nous pouvons jouer aux échecs, lire, faire du ski et des courses de traîneaux à chiens; de quoi donc nous ennuierions-nous? Et puis nous nous sommes mis à la broderie. C'est une activité oubliée et méconnue, bien à tort d'ailleurs : pendant que les mains sont occupées, l'esprit peut vagabonder où bon lui semble. Klonk est très doué pour les fleurs. Moi, je me spécialise plutôt dans les animaux. Je viens juste de terminer un tigre dont je suis très fière.

— Pardonnez-moi d'être aussi terre à terre, a dit Agathe, mais tout cela doit vous coûter une fortune, non? Où donc prenez-vous votre argent?

— Certains objets coûtent cher, a répondu Klonk en prenant un air mystérieux, mais la réalité virtuelle est gratuite.

— La réalité virtuelle? Veux-tu dire que nous vivons dans une sorte de rêve? Que tu as *inventé* tout ça, que tout ce que nous voyons et ce que nous mangeons est le fruit de ton imagination?

— Pas du tout! D'ailleurs, tu as autant d'imagination que moi. Enfin, *presque* autant... Tout cela est réel, rassure-toi. Il nous en coûte une fortune pour nous faire parachuter de la nourriture chaque semaine, mais l'argent est le moindre de nos soucis. Il suffit d'une impulsion magnétique...

La suite de ses explications aurait certainement été passionnante, mais elle a été brutalement interrompue par un cri.

Un cri atroce, terrifiant, provenant de l'extérieur de la maison.

Un cri strident, abominable, inhumain, comme le son cent fois amplifié d'un violon désaccordé, et qui avait en même temps quelque chose d'humain, de terriblement humain.

Un cri épouvantable qui m'a fait comprendre cette expression que j'ai toujours trouvée étrange quand je la lisais dans les romans : *un cri qui vous glace le sang*. Je me sentais frigorifié, comme si des glaçons coulaient dans mes veines.

Le cri s'est lentement transformé en une longue plainte triste, une lamentation douloureuse, et il a été suivi d'un long silence, encore plus terrifiant.

— Ce... ce n'est rien, a dit Karine quand elle a retrouvé ses esprits. Il s'agit sans doute d'un loup... Un loup, oui. Sûrement. Il y en a beaucoup dans la région... N'est-ce pas, mon cher Klonk?

— Que... Quoi? Qu'est-ce que tu dis? Un loup? Ce... Bien sûr, oui, un loup. Vous n'avez pas peur des loups, j'espère! Tout le monde sait que les loups sont inoffensifs! Prenez donc encore un peu de cet excellent vin, ensuite nous irons faire un petit billard...

Ce fut, en effet, un bien petit billard : nous n'avons joué qu'une partie, et Klonk a fait exprès de la perdre, en prétextant que son bras artificiel le faisait souffrir. Ensuite, feignant d'être victime d'une migraine, il est allé se coucher. Dix minutes plus tard,

Karine allait le rejoindre : elle souffrait subitement d'une terrible migraine, elle aussi.

Quel drôle de couple : tous les deux souffraient des mêmes migraines, et en même temps! Je ne savais pas que cette maladie pouvait être contagieuse.

Agathe et moi savions bien que nos amis nous avaient joué la comédie, mais il n'aurait servi à rien de leur poser des questions. Ils n'auraient pas répondu, de toute façon, ou bien ils auraient continué à nous mentir.

De quoi, ou de qui, avaient-ils donc si peur?

CHAPITRE
SIX

Nous sommes donc retournés dans notre merveilleuse chambre, Agathe et moi, mais nous n'avions pas envie de nous reposer dans la baignoire à remous : nos têtes débordaient de tourbillons depuis que nous avions entendu cet horrible cri.

Nous n'avions pas non plus envie de dormir. Il n'était que neuf heures du soir, de toute façon.

Nous nous sommes donc étendus, encore tout habillés, et nous avons longuement contemplé notre ciel de lit en réfléchissant à ce qui venait de se produire.

— Qu'est-ce que tu penses de

tout cela, toi? m'a demandé Agathe, après un long silence.

— Je n'y comprends rien. Une chose est certaine, ce n'était pas un loup. J'ai déjà entendu hurler des loups, et ça ne ressemble en rien à ce râle sinistre... Il faudrait un animal équipé d'un porte-voix, et encore!

— Nous savons aussi que si Klonk et Karine n'arrivent pas à vaincre leurs ennemis, ils sont condamnés à se sauver, encore et encore.

— Que veux-tu dire?

— Voici ma théorie : Klonk et Karine nous envoient un télégramme depuis Venise, et ils déménagent à Londres dès le lendemain. Aussitôt arrivés à destination, ils s'envolent pour Reykjavík. Ensuite ils se promènent aux quatre coins des cinq continents... Pourquoi visitent-ils tant de pays alors qu'ils ne rêvent que d'une vie tranquille, à jouer aux échecs et à faire de la broderie? Pourquoi ces départs en catastrophe, si ce n'est pour se sauver de quelque chose? Ce n'est qu'ici, dans ce désert blanc, qu'ils trouvent la paix. Lorsqu'ils se croient enfin en sécurité, ils communiquent avec nous. Et c'est là leur erreur.

— ... Tu penses que nous avons été suivis?

— C'est évident! Aussitôt que Klonk et Karine cherchent à nous contacter, quelle que soit la manière, ils sont aux prises avec ce cauchemar... Un cauchemar qui nous espionne et qui nous suit jusqu'ici... Un cauchemar vivant... Et qui ne semble avoir qu'un but : empêcher nos amis de profiter de leur voyage de noces...

Agathe, le front plissé, poursuivait silencieusement ses réflexions. J'en étais évidemment arrivé aux mêmes conclusions, mais je n'avais pas trouvé les mots assez vite pour les exprimer. C'est-à-dire que j'en serais sûrement arrivé aux mêmes conclusions si on m'en avait laissé le temps, mais...

Mais nous avons vite oublié les théories : c'est à ce moment-là que nous avons entendu le cri pour la deuxième fois. Un cri plus atroce, plus horrible que le premier.

Je me suis précipité vers la fenêtre, où j'ai aperçu, éclairée par le soleil nordique, la bête. Parce qu'il s'agissait bien d'une bête, oui. Une bête immense, qui ressemblait vaguement à un loup, mais qui avait la taille d'une maison, avec une gueule grande comme un garage ; une gueule pleine de crocs étincelants, comme des défenses d'éléphant ; et de cette gueule sortait le cri, un cri si puissant que la maison de Klonk et de Karine, pourtant sculptée dans une montagne, en tremblait.

Je tremblais moi aussi et j'ai

bien failli m'évanouir, mais je n'en ai pas eu le temps : j'ai alors aperçu Klonk et Karine, qui sortaient de la maison pour aller se jeter directement dans la gueule du loup.

Klonk et Karine, vêtus d'une simple robe de chambre, avançaient, pieds nus dans la neige, en agitant devant eux une chaise de cuisine et un bâton de ski. Pensaient-ils sérieusement mettre en fuite ce monstre terrifiant avec des armes aussi ridicules ?

Contre toute attente, c'est pourtant ce qui s'est produit : le monstre a reculé, terrifié, avant de prendre la poudre d'escampette !

Lorsque nous sommes allés rejoindre nos amis, quelques minutes plus tard, nous n'étions pas encore au bout de nos surprises. Une neige folle venait de tomber et recouvrait le sol. Une neige si légère qu'une mouche s'y serait enfoncée.

Mais le monstre, qui devait peser quelques tonnes, n'avait pas laissé la moindre empreinte, la moindre trace de pas!

Il n'y avait derrière lui que de grandes flaques d'eau, qui commençaient déjà à geler et à former des patinoires.

— Qu'est-ce que c'est? ai-je demandé à Klonk.

— Des larmes. Les larmes de *la chose*... Nous ne savons rien de cette créature, alors nous l'avons appelée ainsi. Nous allons tout vous expliquer, mais il faudrait d'abord rentrer : quand je ne joue pas aux échecs avant de sortir, j'ai les pieds qui gèlent vite!

Au moment où nous entrions dans la maison, nous avons entendu, venant de très loin, une longue plainte lugubre.

— Ne vous en faites pas, a dit Karine : quand *la chose* a trouvé notre trace, elle ne nous quitte plus. Mais elle n'est pas vraiment dangereuse.

— Je n'ai jamais rien entendu d'aussi triste, a dit Agathe.

— Moi non plus, a ajouté Karine en lançant un dernier regard à l'horizon.

Et elle a ajouté à voix très basse, comme si elle se parlait à elle-même :

— Presque jamais.

J'ai eu l'impression, à ce moment-là, que notre amie Karine en savait beaucoup plus long qu'elle ne le laissait croire.

CHAPITRE
SEPT

Aussitôt rentrés, nous nous sommes installés dans la cuisine, Klonk et moi, tandis que nos épouses avaient préféré aller bavarder dans la bibliothèque.

J'ai entendu bien des histoires à propos des voyages de noces, mais jamais d'aussi bizarres que celle que Klonk m'a relatée, cette nuit-là, en grignotant des biscuits feuille d'érable et en buvant des litres de café noir.

Je vais maintenant essayer de vous la raconter à mon tour.

Aussitôt mariés, Klonk et Karine s'étaient envolés pour l'Afrique. Ils avaient passé leur première nuit à Khartoum, la capitale du Soudan. Dès que le soleil avait été couché, leur chambre avait été envahie par des serpents à deux têtes. Ils avaient demandé à changer de chambre, pour se retrouver avec des milliers de crapauds hurleurs. Ils avaient alors déménagé dans un autre hôtel, où ils avaient été accueillis par des scorpions géants!

Après quelques nuits sans sommeil, ils s'étaient enfuis en Égypte, où ils avaient vécu de semblables mésaventures. Ils pouvaient se promener toute la journée sans aucun problème, mais ils étaient aux prises avec de terribles cauchemars aussitôt que le soleil se couchait. D'après Klonk, il s'agissait bel et bien de cauchemars : les crocodiles qui avaient envahi leur chambre, en Égypte, n'étaient pas de véritables crocodiles, mais de simples illusions. Pourtant, ces illusions existaient quand même un peu, puisqu'elles avaient laissé des larmes sur leur passage! Tous les tapis de l'hôtel en avaient été imbibés! C'était à n'y rien comprendre.

Klonk et Karine avaient alors décidé de gagner l'Europe, où ils avaient profité de quelques jours de répit. Mais aussitôt qu'ils avaient communiqué avec nous, les cauchemars avaient repris de plus belle : ils avaient vu des mille-pattes à Venise, des chauves-souris vampires à Londres, et d'autres bêtes immondes aux quatre coins du monde.

Ces cauchemars, heureusement, étaient aussi inoffensifs que monstrueux : ils criaient à en réveiller les morts, ils pleuraient à en remplir des piscines, et c'est tout. On aurait dit qu'ils vivaient dans une autre réalité que la nôtre.

Il n'y avait pas moyen de les atteindre en leur lançant des projectiles, qui leur passaient à travers le corps sans les blesser.

Mais les monstres laissaient toujours de grandes flaques d'eau sur leur passage. Et il suffisait d'agiter les bras en criant «bouh!» pour les mettre en fuite!

Ce n'est que lorsqu'ils s'étaient installés à la terre de Baffin que Klonk et Karine avaient enfin trouvé la paix, du moins jusqu'à ce qu'ils décident de rompre leur silence et de communiquer avec nous.

— C'est désespérant, a conclu Klonk : aussitôt que nous avons trouvé le paradis, il se transforme en enfer. Nous sommes aux prises avec des monstres qui existent, mais qui n'existent pas vraiment. Soyons plus précis : ils vivent *juste assez* pour nous déranger. Et laisse-moi te dire que c'est très pénible, pour des amoureux en voyage de noces, de se faire importuner chaque nuit par des cauchemars qui pleurent! Pas moyen de... hum hum... Impossible de... de nous reposer. J'ai beau y réfléchir depuis six mois, je m'avoue incapable de résoudre cette énigme. Tu y comprends quelque chose, toi?

Si Klonk lui-même n'y comprenait rien, comment aurais-je pu prétendre y arriver? J'ai quand même fait semblant de réfléchir, pour lui faire plaisir, et je me plissais encore le front lorsque Agathe et Karine sont venues nous rejoindre, au petit matin. Elles avaient bavardé toute la nuit, elles aussi, mais semblaient pourtant en grande forme : elles nous ont même proposé d'aller faire une excursion en ski de fond!

Quand nous leur avons demandé de nous expliquer la raison de leur soudaine bonne humeur, elles ont préféré changer de sujet.

— Tout ce que nous pouvons vous révéler, a répondu Agathe, c'est que nous avons trouvé la clé du mystère. Demain soir, si tout va comme prévu, nous assisterons au dernier cauchemar. Ensuite, nous pourrons enfin dormir en paix. En attendant, allons skier, ça nous changera les idées!

Qu'est-ce qu'elles avaient bien pu comploter?

CHAPITRE
HUIT

Agathe a évidemment de nombreuses qualités, sans quoi je ne serais pas marié avec elle depuis tant d'années, mais elle a aussi ses petits défauts, comme tout le monde. Le plus grand de ces petits défauts, c'est qu'elle a la tête dure. Épouvantablement dure. Ne lui demandez pas, par exemple, de se coiffer autrement qu'avec un chignon. Elle était coiffée de cette manière quand je l'ai rencontrée, il y a vingt-cinq ans de cela, et elle n'a rien modifié depuis ce temps-là. Ne lui demandez pas non plus de changer d'idée : quand elle a décidé de se rendre à tel endroit, rien ne saurait la détourner de son chemin.

J'ai tout essayé, ce jour-là, pour la faire parler : quelle était donc la clé de ce mystère? Comment avait-elle fait pour la découvrir? Comment pouvait-elle être aussi sûre de son coup? Comment expliquait-elle ces cauchemars qui pleuraient?

« Tu verras ce soir », voilà tout ce que j'obtenais comme réponse.

J'ai eu beau insister, supplier, fulminer, faire du chantage, il n'y avait rien à en tirer. Plus j'insistais, plus elle se butait.

« Je ne peux rien te dire, a-t-elle fini par me souffler à l'oreille, parce que j'ai peur de la réaction de Klonk. La situation est très délicate. Il faudra faire attention à lui, ce soir. »

Aussitôt ces paroles prononcées, elle a attaché ses skis et elle a filé à toute allure pour rejoindre Karine, qui était partie plus vite encore.

Karine n'était pas vêtue d'un simple maillot de bain, cette fois-là. Au contraire, elle s'était emmitouflée sous des tonnes de chandails, de foulards, de tuques et de toques. De loin, elle ressemblait à une grosse balle de laine. Tout comme Klonk, d'ailleurs, qui nous suivait en bougonnant, loin derrière. Dans l'état où il était, il valait mieux qu'il ne fasse pas vibrer ses cellules : il avait l'air tellement fâché qu'il aurait été carbonisé!

Nous avons fait beaucoup de ski, ce jour-là, mais nous ne nous amusions pas beaucoup.

Je ne pouvais pas parler avec Agathe, qui était toujours enfermée dans son silence. Ni avec Karine, qui gardait toujours la tête baissée et qui n'avait pas soufflé mot de la journée. Et encore moins avec Klonk, qui était le plus renfermé, le plus buté, le plus grognon de nous tous.

J'imagine que ce n'est pas facile, pour un héros, de se faire ballotter par les événements sans pouvoir intervenir. Pauvre Klonk qu'on entendait bougonner, loin derrière nous!

Je skiais donc tout seul, en essayant de réfléchir et de deviner ce qui allait se produire, sans y parvenir. Cela n'affectait pas trop mon humeur : depuis que Klonk m'entraîne dans ses aventures, je ne comprends jamais rien à ce qui nous arrive. J'ai l'habitude.

Quand nous sommes finalement rentrés chez nos amis, j'ai proposé à Klonk de jouer aux échecs, histoire de passer le temps avant qu'arrive enfin le soir. Il a accepté, mais il était tellement contrarié que j'ai réussi à le battre deux fois de suite! J'en étais évidemment très fier – Klonk est un grand champion – mais j'aurais peut-être mieux fait de le laisser gagner : après sa deuxième défaite, il a renversé l'échiquier et il est allé s'enfermer dans la cuisine.

Quand il en est sorti, une heure plus tard, il nous a annoncé qu'il n'avait pas envie de préparer le souper.

— Il y a du saucisson hongrois, de la laitue et du pain blanc dans le réfrigérateur, nous a-t-il dit sur un ton coupant. Ne cherchez pas la moutarde, il n'y en a plus : elle m'est toute montée au nez. Ceux qui veulent se préparer des sandwichs n'ont qu'à...

Nous n'avons pas pu entendre la fin de la phrase : ce n'est pas un cri qui nous a surpris, cette fois-là, mais un bruit atroce, qui nous a forcés à nous boucher les oreilles. Un bruit hyper-aigu, à en déchirer les tympans : imaginez des sorcières qui s'aiguiseraient les ongles sur un tableau noir, ou encore une centaine de détecteurs de fumée qui se déclencheraient en même temps.

Nous nous sommes précipités vers la fenêtre, pour voir ce qui se passait : la maison de Klonk et de Karine était entourée d'insectes géants, gros comme des bergers allemands. Des insectes terrifiants, avec des mandibules acérées, des antennes pointues, des pattes griffues, des yeux poilus, et tellement de pinces et de scies et de dards en tire-bouchon qu'on aurait dit des canifs vivants.

J'ai alors compris pourquoi Agathe avait prévu que ce serait le dernier cauchemar : si les insectes ne nous dévoraient pas, ils allaient nous faire mourir de peur!

CHAPITRE
NEUF

L'armée des insectes encercle la maison et s'avance lentement, comme si elle s'apprêtait à donner l'assaut. J'ai beau me répéter que ce ne sont que des cauchemars, j'ai bien du mal à le croire : comment se fait-il que nous fassions tous le même rêve en même temps ?

D'après ce que m'a raconté Klonk, il suffirait de sortir en criant « bouh ! » pour mettre en fuite nos ennemis. Je n'ai pas de raison de douter de la parole de mon ami, mais je préfère que ce soit quelqu'un d'autre que moi qui fasse l'expérience.

Klonk n'est pas pressé d'intervenir, lui non plus. Il regarde les insectes s'approcher et semble aussi terrorisé que moi : pâle comme un pétoncle, les cheveux dressés bien droits sur sa tête, de même d'ailleurs que les poils de sa barbe sur son menton, il observe, sans réagir, Karine qui s'approche de la porte.

— J'y vais, nous dit-elle en sortant. Il est temps que ça finisse!

Karine s'est égosillée pour couvrir les grésillements des insectes, mais nous l'avons à peine entendue. Aussitôt qu'elle a ouvert la porte, cependant, les bruits ont soudainement cessé pour laisser la place à un terrifiant silence. Toutes les facettes des yeux des insectes se sont tournées vers notre amie, qui marchait lentement vers eux.

Klonk a alors recouvré ses esprits. Il s'est emparé d'un bâton de ski et il a bondi vers la porte, mais il n'a pas pu la franchir. En un éclair, Agathe l'a refermée. Les bras en croix, elle l'empêchait de quitter la maison.

— Écoute-moi bien, Klonk. Il n'est pas question que tu sortes, tu m'entends? Karine peut très bien se débrouiller toute seule. Il *faut* qu'elle se débrouille toute seule. Je *t'interdis* d'ouvrir cette porte.

Agathe est toute menue, mais quand elle parle sur ce ton-là, elle est capable de venir à bout des pires émeutes dans les pénitenciers où sont enfermés les pires criminels. C'est d'ailleurs son métier : chaque fois que les gardiens ordinaires ne réussissent pas à venir à bout des prisonniers, Agathe accourt à leur rescousse. Klonk, qui n'est pas habitué à se faire interpeller de cette manière, s'est figé sur place.

— Venez voir! Venez voir ça!

Cette fois-là, c'est moi qui avais parlé. Klonk et Agathe sont aussitôt venus me rejoindre, à la fenêtre, d'où ils ont pu assister à un incroyable spectacle. Si je ne l'avais pas vu de mes propres yeux, et s'il n'y avait pas eu Agathe et Klonk pour confirmer mes propos, jamais je n'aurais osé écrire ce qui suit. C'est pourtant la plus stricte vérité.

Karine était sortie tellement vite qu'elle n'avait même pas pris le temps de se revêtir d'un manteau ou d'enfiler des bottes. Elle ne portait qu'un chandail et un jean, comme en plein été, et elle marchait dans la neige, toute seule, sans armes, pour affronter une armée de terrifiants insectes géants.

Au lieu de chercher à les mettre en fuite, elle leur a tendu les mains, comme pour les caresser.

Quand ils l'ont vue faire ce geste, les insectes se sont regroupés et ont fusionné en se frottant les uns contre les autres.

Il n'y avait plus maintenant qu'une dizaine d'insectes, pour autant qu'on puisse imaginer des insectes gros comme des chevaux!

Karine ne semblait pas effrayée. Elle continuait d'avancer, lentement, très lentement, en leur tendant les mains, comme pour défier ses ennemis, qui continuaient à se frotter les uns sur les autres et à fusionner.

Quand il n'est resté qu'un seul insecte, il avait la taille d'un mammouth.

Karine s'est alors immobilisée, et plutôt que de s'enfuir en criant ou de s'évanouir, comme je l'aurais imaginé, elle s'est transformée, elle aussi, en insecte géant.

Deux monstres s'affrontaient, absolument identiques : quand l'un d'entre eux s'apprêtait à attaquer en allongeant une de ses pattes télescopiques et en faisant claquer ses pinces, l'autre l'imitait aussitôt.

Cela ressemblait à un curieux duel de monstres qui se

tournaient autour, sans oser s'attaquer, comme s'ils ne cherchaient qu'à s'intimider.

La chose a voulu surprendre Karine en se transformant en loup, mais Karine l'a aussitôt imitée : elle est devenue un loup, elle aussi.

La chose s'est transformée en scorpion, et Karine s'est changée en scorpion.

Quand *la chose* s'est métamorphosée en crapaud, Karine est devenue un crapaud à son tour.

Toutes les créatures de cauchemar se sont ainsi succédé, de plus en plus vite, jusqu'à ce que *la chose* se transforme en homme. Un homme très grand et très élégant, vêtu d'une cape noire doublée de soie rouge, d'une chemise blanche à jabot de dentelle, d'un chapeau haut-de-forme, de guêtres, d'un plastron et d'un faux-col. Avec sa tête anguleuse et ses cheveux noirs et luisants, coiffés par en arrière, il semblait tout droit sorti d'un vieux film en noir et blanc.

Karine s'est elle aussi transformée en homme, l'espace d'une seconde, puis elle est redevenue Karine.

Et l'homme a éclaté en sanglots.

—Voilà donc le célèbre Morley! a alors chuchoté Agathe. C'est tout à fait comme ça que je l'imaginais!

— Qu'est-ce que c'est que ce Morley? s'est exclamé Klonk. J'ai bien envie d'aller le mordre, moi!

— Tu n'en feras rien, a dit Agathe.

— Quoi? Comment?

— Il n'y a pas de quoi ni de comment, et ne me demande pas pourquoi : tout ce que je sais, c'est que Karine m'a demandé de la laisser seule avec lui. Si tu veux avoir la paix, tu dois avoir confiance en elle.

— Mais est-ce que quelqu'un va finir par m'expliquer ce qui se passe ici? Je n'y comprends rien, moi!

Jamais je n'aurais cru entendre de tels propos sortir de la bouche de mon ami Klonk. Et jamais je n'aurais cru, surtout, qu'il puisse les prononcer sur ce ton-là, avec des sanglots dans la voix!

— Je vais éclairer vos lanternes comme je peux, a dit Agathe. Karine m'a tout raconté, hier soir. Mais d'abord, nous allons nous préparer un chocolat chaud. Ça nous calmera les nerfs, après toutes ces émotions. Et n'ayez pas peur, Karine sait ce qu'elle fait.

CHAPITRE
DIX

Comment était-il possible de croire que Morley, cet homme si distingué, pût être *la chose* qui s'était transformée en loup, en serpents à deux têtes ou en insectes géants, toutes ces créatures de cauchemar qui terrorisaient Klonk et Karine depuis tant de mois ? C'était pourtant la vérité, comme nous l'a expliqué Agathe après nous avoir servi du chocolat chaud.

Elle nous a raconté que Morley avait jadis été un grand magicien, très célèbre en Europe et en Asie, et particulièrement dans les pays où il y a encore des rois et des reines. Étant donné qu'il se considérait lui-même comme le roi des magiciens, il ne daignait se produire que dans des palais royaux, devant des têtes couronnées. À en juger par les prouesses qu'il venait d'accomplir, ses spectacles de magie devaient être absolument extraordinaires : il arrivait en effet à se transformer en ce qu'il voulait, ou du moins à le faire croire à son public.

Arrivait-il vraiment à se transformer ou bien était-il, plus simplement, un maître de l'hypnose? Personne ne le savait. Personne, non plus, ne connaissait sa véritable identité, ni quoi que ce soit concernant sa vie privée. Certains prétendaient qu'il était le fantôme d'un magicien décédé, d'autres croyaient dur comme fer qu'il était la personnification du diable. Mais la rumeur la mieux fondée voulait qu'il fût en réalité un homme très laid et sans scrupule, qui voulait se venger de sa laideur en essayant de séduire les plus belles princesses de l'univers.

Morley était en effet un grand séducteur qui n'hésitait pas, pour arriver à ses fins, à se transformer en vedette du cinéma, en chanteur espagnol ou même en écrivain célèbre. Malheureusement pour lui, ses métamorphoses ne duraient qu'une seule nuit. Lorsque les femmes apercevaient son vrai visage, au matin, et lorsqu'elles respiraient son haleine fétide, elles s'enfuyaient à toutes jambes.

Morley avait fini par se faire à l'idée : ses amours ne dureraient qu'une seule nuit.

Il avait vécu ainsi de nombreuses années, jusqu'à ce qu'il assiste au spectacle de Karine, lors du grand congrès international des magiciens de Monte-Carlo. Karine parcourait le monde, à ce moment-là, et n'avait pas encore rencontré Klonk[*].

---

[*] Voir *Un amour de Klonk*.

Morley était aussitôt tombé follement amoureux de la belle magicienne. Malheureusement pour lui, Karine ne partageait pas sa passion...

Terriblement orgueilleux, Morley ne pouvait pas supporter qu'une femme lui résiste. Il avait donc passé toute une année à la poursuivre de ses avances. Il lui offrait des fleurs, des bouteilles de champagne, des bijoux, des villas, des yachts et des automobiles de luxe, sans jamais arriver à percer le mur de son indifférence. Plus il lui ouvrait son portefeuille, plus Karine lui fermait son cœur.

Et c'est ainsi que Morley, déjà passablement fêlé, était devenu complètement fou.

Karine avait beau déménager, changer de ville, de pays ou de continent, il réussissait toujours à la retrouver. Il s'installait alors à sa fenêtre et pleurait toute la nuit.

Pour Karine, c'était désespérant, en plus d'être particulièrement malcommode.

Et puis il avait fini par entendre raison, semblait-il, puisqu'il avait un jour cessé de la harceler.

Karine avait donc réussi à avoir la paix pendant quelques années. Mais lorsque Morley avait appris que Karine avait épousé Klonk, la jalousie avait décuplé sa folie. Le magicien s'était transformé en une série de monstres, de plus en plus hideux...

Klonk et moi étions suspendus aux lèvres d'Agathe, qui a fait une pause à ce moment-là pour prendre quelques gorgées de chocolat chaud.

— Mais pourquoi ne m'a-t-elle rien dit de tout cela? a demandé Klonk.

— Karine croyait cette vieille histoire terminée depuis longtemps. Il lui a fallu un certain temps pour comprendre qu'elle avait encore affaire à ce Morley de malheur. Et puis... et puis elle avait peur que tu sois jaloux.

— Jaloux, moi? Moi, jaloux? Elle est bien bonne, celle-là! Moi, Klonk, je serais jaloux de cette espèce de magicien déguisé en pingouin? Je vais aller lui faire avaler son haut-de-forme en une seule bouchée, moi, et je vais lui mettre sa canne...

— Karine avait raison d'avoir peur! a répliqué Agathe, un sourire en coin. Tu es jaloux, Klonk!

— Pas du tout! C'est seulement que je ne peux pas supporter de les voir ensemble, que j'imagine toutes sortes de choses qui me rendent malheureux, que ça me fait mal partout et que j'ai envie d'aller aplatir la tête de ce Morley.

— Mais c'est exactement ça, Klonk, la jalousie!

Klonk a ouvert la bouche, prêt à répliquer, mais il n'a rien dit. Il s'est effondré sur sa chaise, l'air complètement abattu, le regard vide. J'ai eu peur, un instant, qu'il ait été victime d'un arrêt cardiaque.

— Ça va, Klonk? Tu te sens bien?

J'ai dû le secouer pour le réveiller tout à fait. Quand il a recouvré ses esprits, il a réussi, encore une fois, à m'étonner :

— Ça va très bien, oui. C'est juste que... J'ai vu ce mot-là si souvent, dans les romans, sans jamais savoir ce qu'il voulait dire exactement! C'est donc ça, la jalousie? Je ne pensais pas que ça pouvait faire aussi mal! Mais j'ai aussi eu le temps de penser, l'espace d'un éclair, que Karine aurait pu se laisser séduire par cet homme qui pouvait se transformer en n'importe quoi et qu'elle m'a choisi, moi, Klonk! Ça m'a instantanément guéri de ma jalousie. Ce Morley ne deviendra jamais mon ami, mais j'espère sincèrement qu'il se remettra de ses malheurs. Nous avons un point en commun, après tout : lui aussi est amoureux de Karine, ce qui prouve qu'il a beaucoup de goût. Mais cessons de parler de lui. J'ai bien hâte de revoir Karine, j'aurais quelques questions à lui poser.

— Qu'est-ce que tu veux savoir? a alors répondu Karine, qui était rentrée sans même qu'on s'en aperçoive.

— Ah, te voilà! Comment es-tu arrivée, dis-moi, à te transformer en insecte, en loup et en scorpion? Tu ne m'avais jamais dit que tu pouvais faire ça!

— Je ne te l'ai jamais dit parce que je n'ai jamais pu le réussir. Je me suis transformée en miroir, tout simplement. Ça explique que j'aie eu du mal à le suivre, vers la fin : je ne m'attendais pas à ce qu'il se transforme en homme...

— Ah bon, a simplement conclu

Klonk, comme s'il n'y avait rien de plus naturel que de se transformer en miroir.

Il y a eu ensuite un long silence pendant lequel Klonk a réfléchi si fort qu'on entendait presque grincer les engrenages de son cerveau.

— Je ne comprends toujours pas, a-t-il fini par avouer : comment as-tu fait pour te transformer en miroir ?

— Ce n'est pas si compliqué, a répondu Karine. Tu sais aussi bien que moi qu'il suffit, pour disparaître, de se concentrer sur l'hémisphère droit du cerveau, et plus particulièrement sur la zone qui se trouve immédiatement au-dessus de l'épiphyse. Je ne sais pas encore sur quelle zone il faut se concentrer pour se transformer en insecte ou en animal, mais je commence à pouvoir, sans trop de difficulté, me métamorphoser en objet. Pour devenir un stylo, par exemple, il suffit de...

Karine s'est alors interrompue : nous avons entendu une longue plainte, comme le bruit du vent qui siffle entre les branches des arbres, puis un grondement qui ressemblait à s'y méprendre à un roulement de tonnerre.

— C'est sans doute Morley, a expliqué Karine : le pauvre homme a fini par comprendre que j'étais amoureuse de Klonk, et que je ne changerais jamais d'idée. Il a enfin accepté de se transformer en coup de vent, comme je le lui demandais depuis si longtemps.

Karine a poussé un long soupir de soulagement, comme si elle voulait ajouter son souffle au coup de vent et repousser Morley le plus loin possible. Et puis, sans autre transition, elle a continué sa conversation avec Klonk :

— Je viens tout juste de découvrir, du côté gauche du

cerveau, une zone très étrange, que je commence à peine à explorer...

J'écoutais Karine d'une oreille distraite, en me demandant ce qui était le plus bizarre, dans tout ça :

Klonk et Karine, qui poursuivaient leur conversation scientifique comme si de rien n'était ?

La rapidité avec laquelle Klonk avait guéri de sa crise de jalousie ?

Le départ de Morley, à qui personne ne semblait plus s'intéresser ?

Ou bien l'attitude d'Agathe, qui regardait par la fenêtre, rêveuse, et qui n'arrivait pas à dissimuler les larmes qui coulaient sur ses joues ? Peut-être pensait-elle à un de ses anciens amoureux ?

CHAPITRE
ONZE

Le pilote de la compagnie Air Inuit était le plus étonné des hommes quand il nous a reconnus, une semaine plus tard, au beau milieu du lac Inoukoujouak. Non seulement nous n'étions pas morts de froid ni de faim, mais nous semblions en excellente santé.

Nous aurions pu lui parler de la maison de rêve dans laquelle nous avions habité tout ce temps-là, mais nous nous en sommes abstenus. Klonk et Karine n'avaient plus besoin de se cacher, maintenant qu'ils avaient eu raison de leurs cauchemars, mais ils voulaient quand même qu'on les laisse en paix. Lorsque nous les avions quittés, ils parlaient de poursuivre encore pendant quelques jours leur voyage de noces. Quelques jours polaires, qui dureraient peut-être quelques années...

Nous aurions bien aimé rester plus longtemps en leur compagnie, mais il fallait penser à nos enfants, qui souffriraient sûrement de malnutrition à force de ne manger que des pizzas pochettes.

Il fallait aussi penser aux responsabilités d'Agathe : si jamais une émeute se déclenchait, au pénitencier où elle travaille, qui donc pourrait en venir à bout ?

Il me fallait enfin penser à mon propre travail, qui est de raconter des histoires. Je commençais à penser à mon roman, tout en regardant une dernière fois, par le hublot, le paysage nordique.

— Qu'est-ce qui t'arrive ? m'a demandé Agathe. Tu me parais bien songeur !

— Je me demande si je devrais écrire cette aventure de Klonk. Qui donc pourrait croire à cette histoire de magicien qui se transforme en crapaud, en serpents ou en insectes géants?

— Si j'étais toi, je la raconterais quand même. J'ai toujours aimé les histoires d'amours romantiques. Et je connais bien des femmes qui rêveraient de se faire courtiser par un magicien millionnaire!

— Une histoire d'amour romantique! Elle est bien bonne! Tu trouves ça romantique, toi, un homme qui se transforme en insecte et qui crie toute la nuit?

— C'est tellement beau, un homme qui pleure!

— Je ne trouve pas qu'il était si beau que ça, moi!

— Serais-tu jaloux, par hasard?

— Jaloux, moi? Moi, jaloux? Jaloux de ce... Pas du tout! C'est juste que...

— Juste que quoi?

— Non, rien...

Si je n'ai rien dit, c'est que j'ai eu peur d'être ridicule en répétant mot pour mot les propos de Klonk, mais aussi parce que j'ai cru apercevoir, par le hublot, un immense loup qui courait à perdre haleine sur la neige éblouissante, en laissant derrière lui des lacs de larmes.

Était-ce une illusion, une hallucination ou simplement mon imagination qui continuait à travailler? Je l'ignore : à peine ai-je eu le temps de me frotter les yeux qu'il avait disparu.

En avions-nous vraiment fini avec ce Morley?

Du même auteur chez d'autres éditeurs

Jeunesse
Corneilles, Boréal, 1989.
Zamboni, Boréal, 1989.
   • PRIX M. CHRISTIE
Deux heures et demie avant Jasmine, Boréal, 1991.
   • PRIX DU GOUVERNEUR GÉNÉRAL
David et le Fantôme, Dominique et compagnie, 2000.
   • PRIX M. CHRISTIE
   • Liste d'honneur IBBY
David et les monstres de la forêt, Dominique et compagnie, 2001.
David et le précipice, Dominique et compagnie, 2001.
David et la maison de la sorcière, Dominique et compagnie, 2002.
David et l'orage, Dominique et compagnie, 2003.
David et les crabes noirs, Dominique et compagnie, 2004.

Albums
L'été de la moustache, Les 400 coups, 2000.
Madame Misère, Les 400 coups, 2000.
Tocson, Dominique et compagnie, 2003.
Voyage en Amnésie, Les 400 coups, 2005.

Adultes
La Note de passage, Boréal, 1985. B.Q., 1993.
Benito, Boréal, 1987. Boréal compact, 1995.
L'Effet Summerhill, Boréal, 1988.
Bonheur fou, Boréal, 1990.

Imprimé au Canada par
Transcontinental Métrolitho